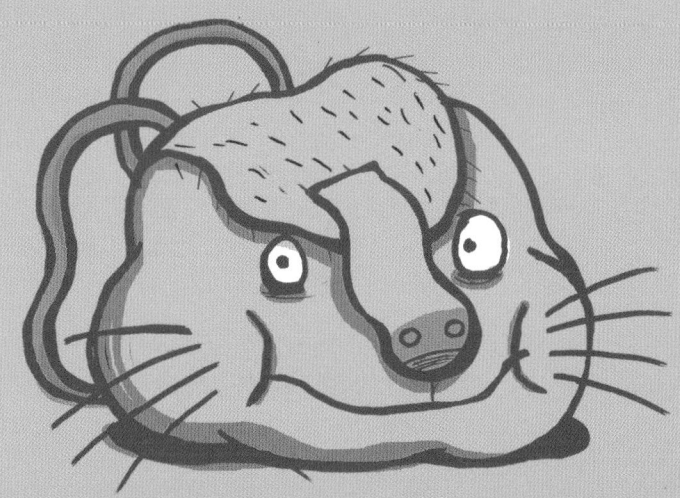
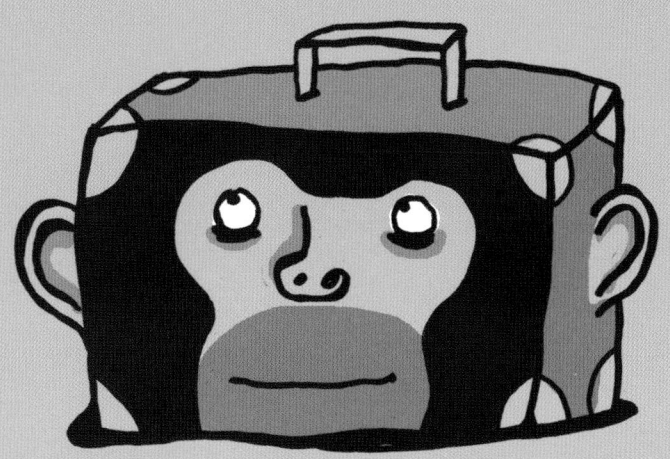

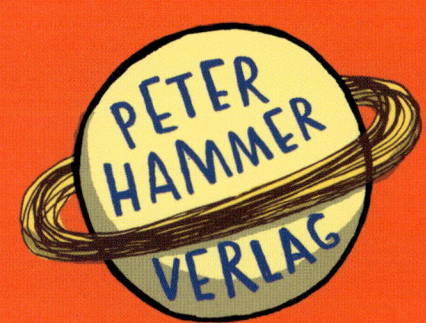

Nadia Budde

Auf keinen Fall will ich ins All!

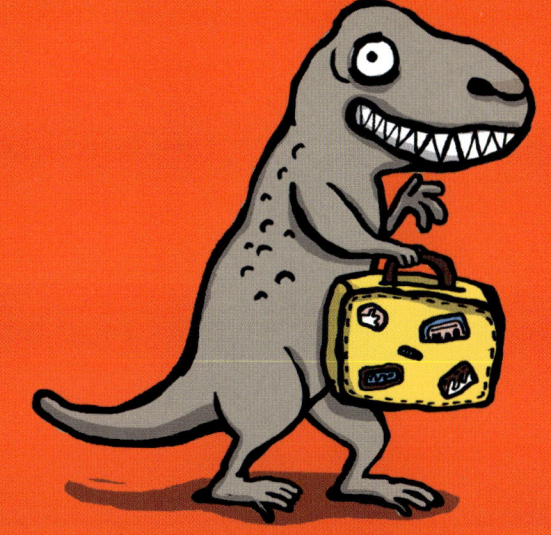

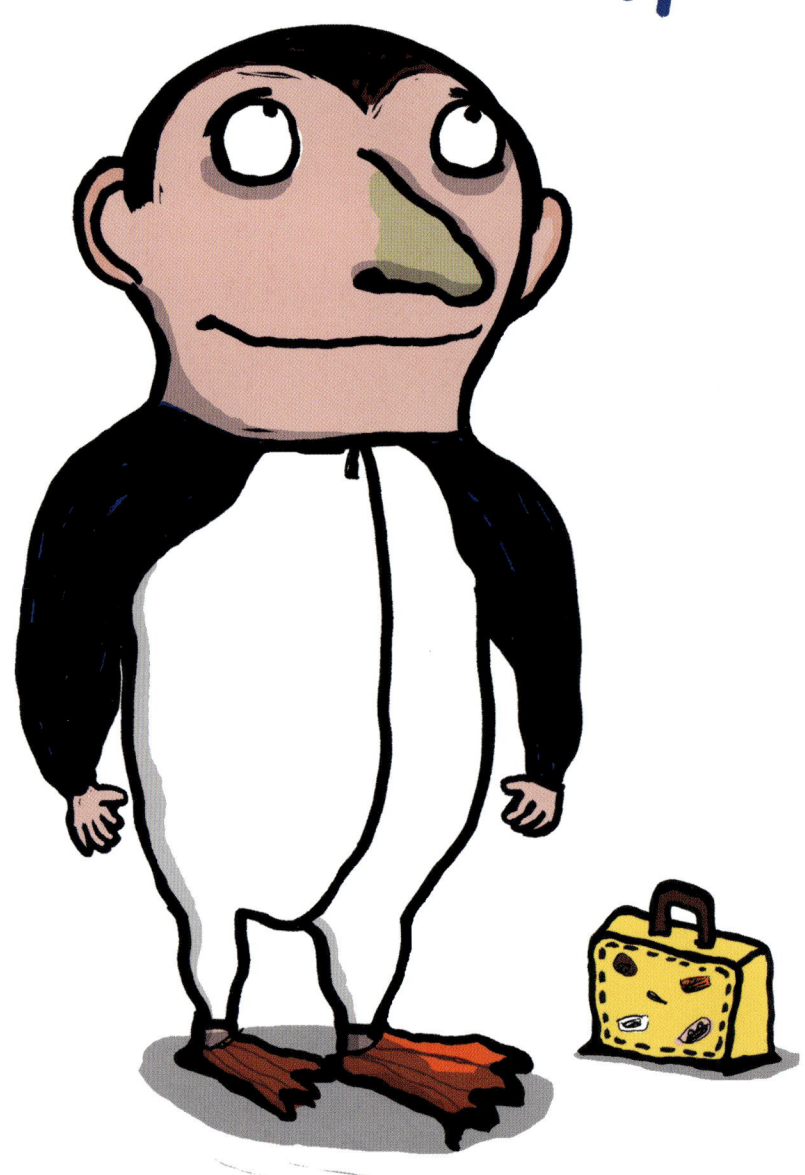

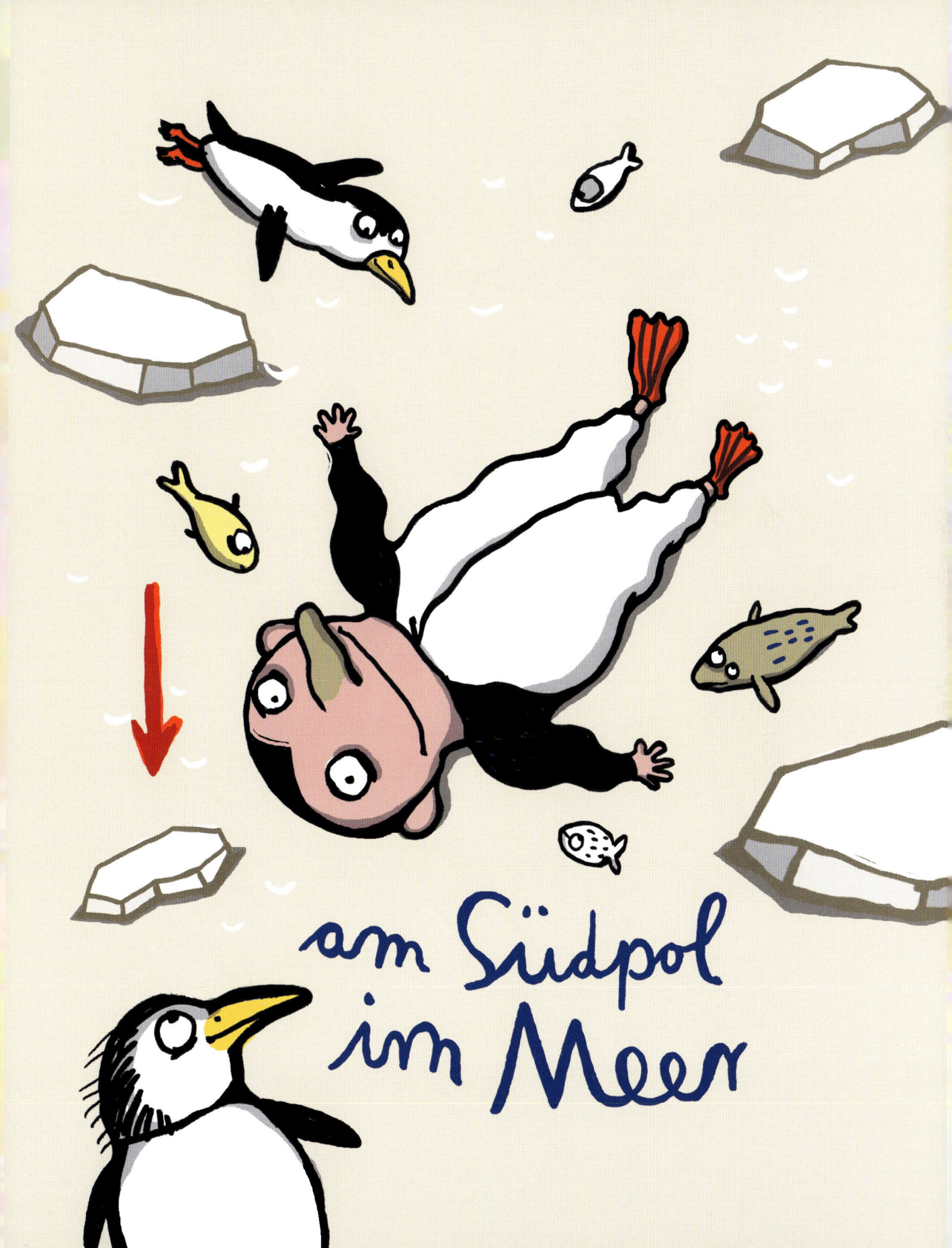

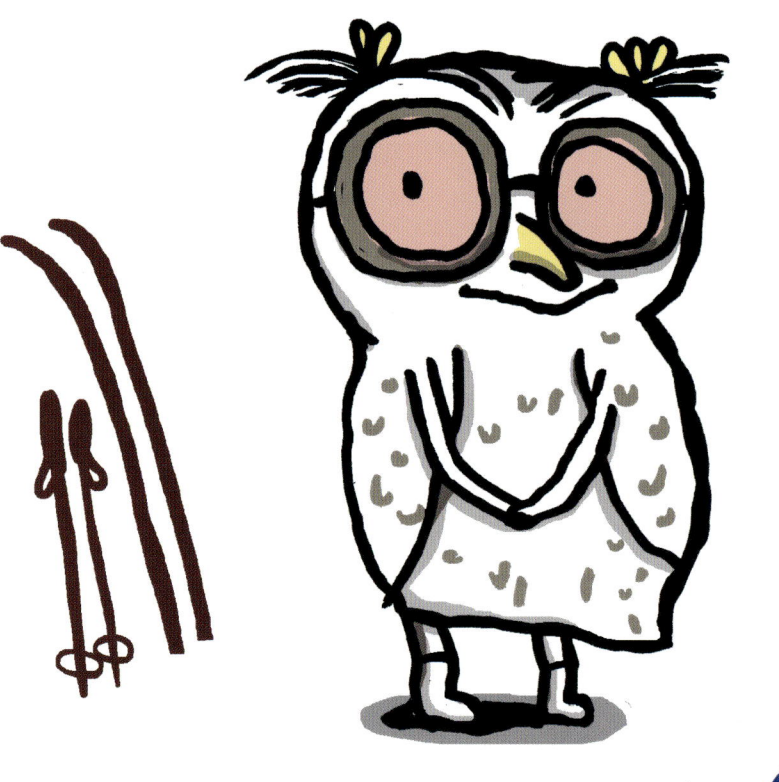

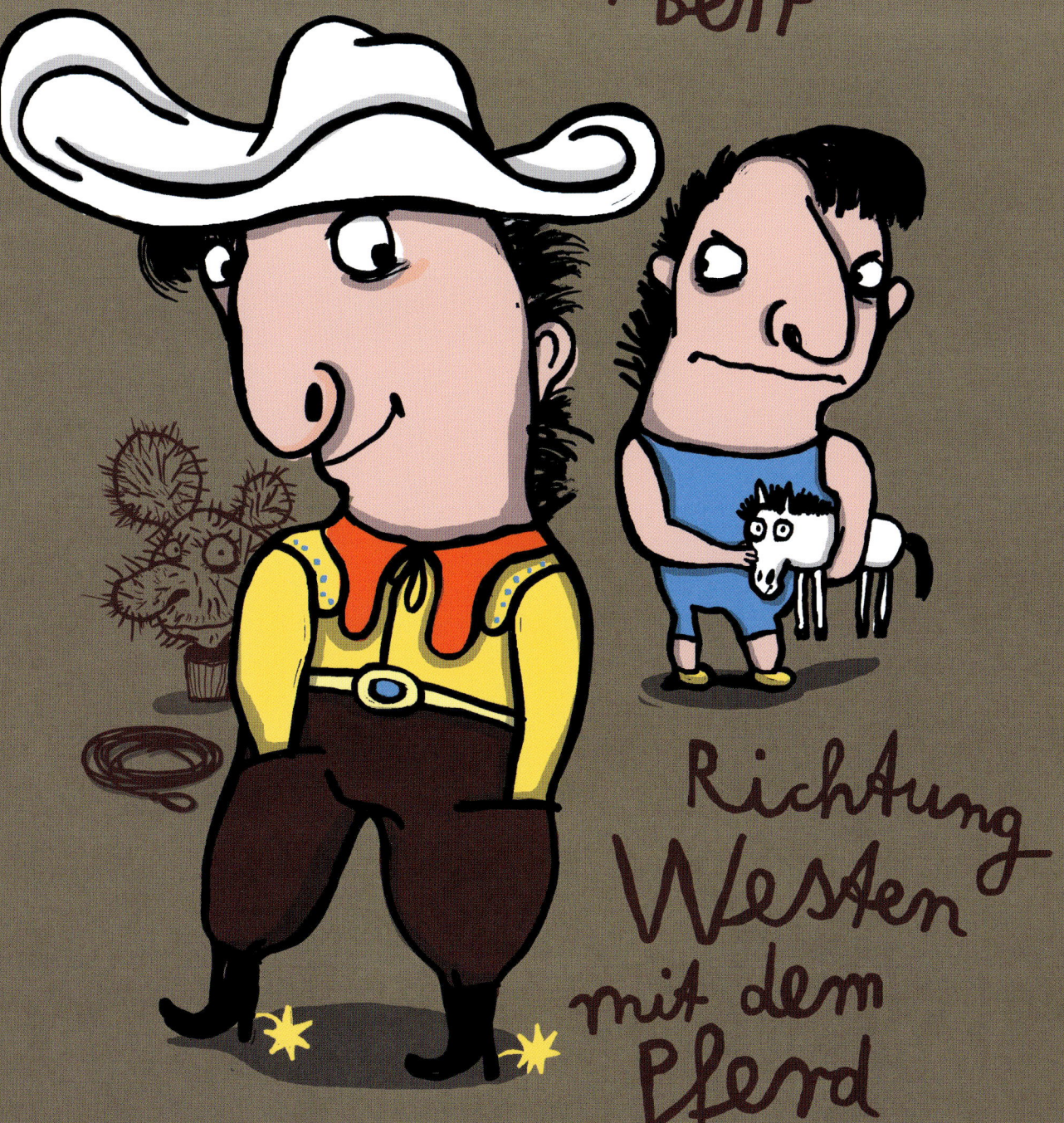

Papas bester Freund Guiseppe →

will nach Osten in die SAeppe

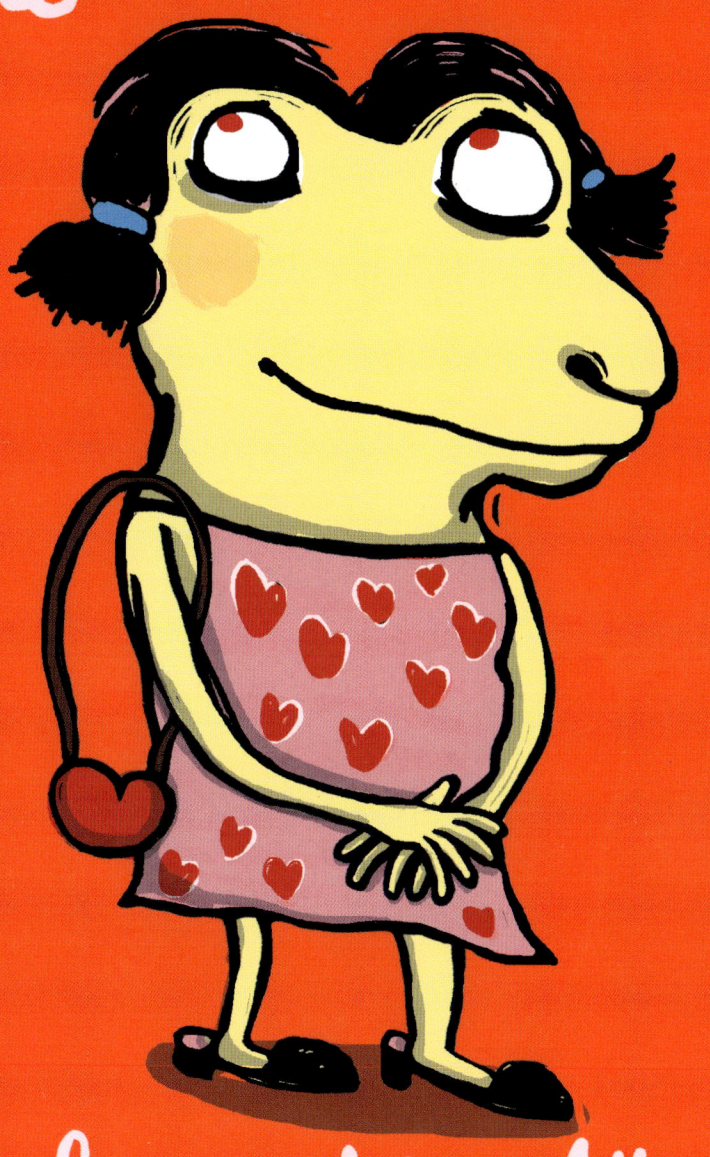

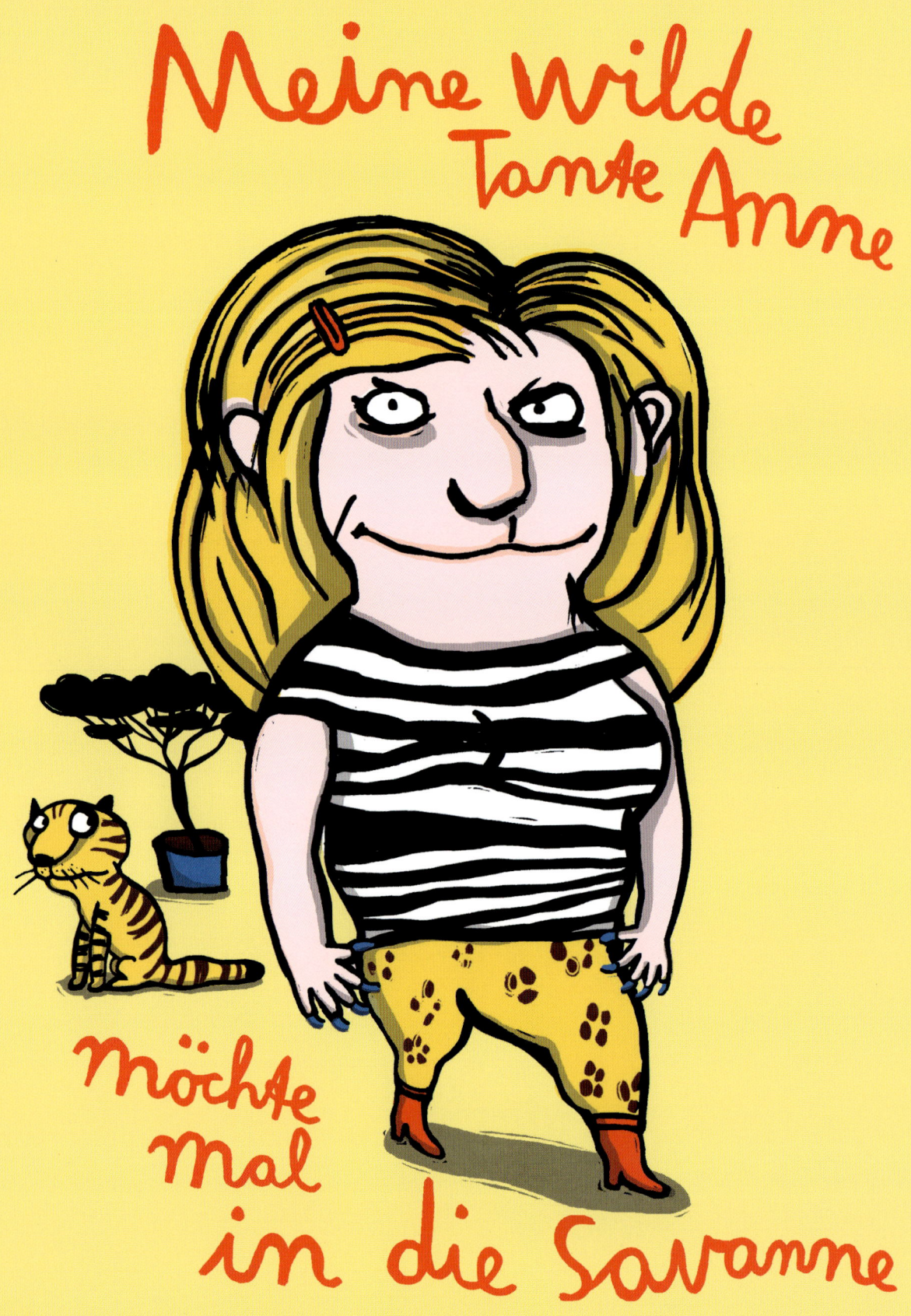

und mein Onkel Hans-Marcel nach Alaska ins Hotel

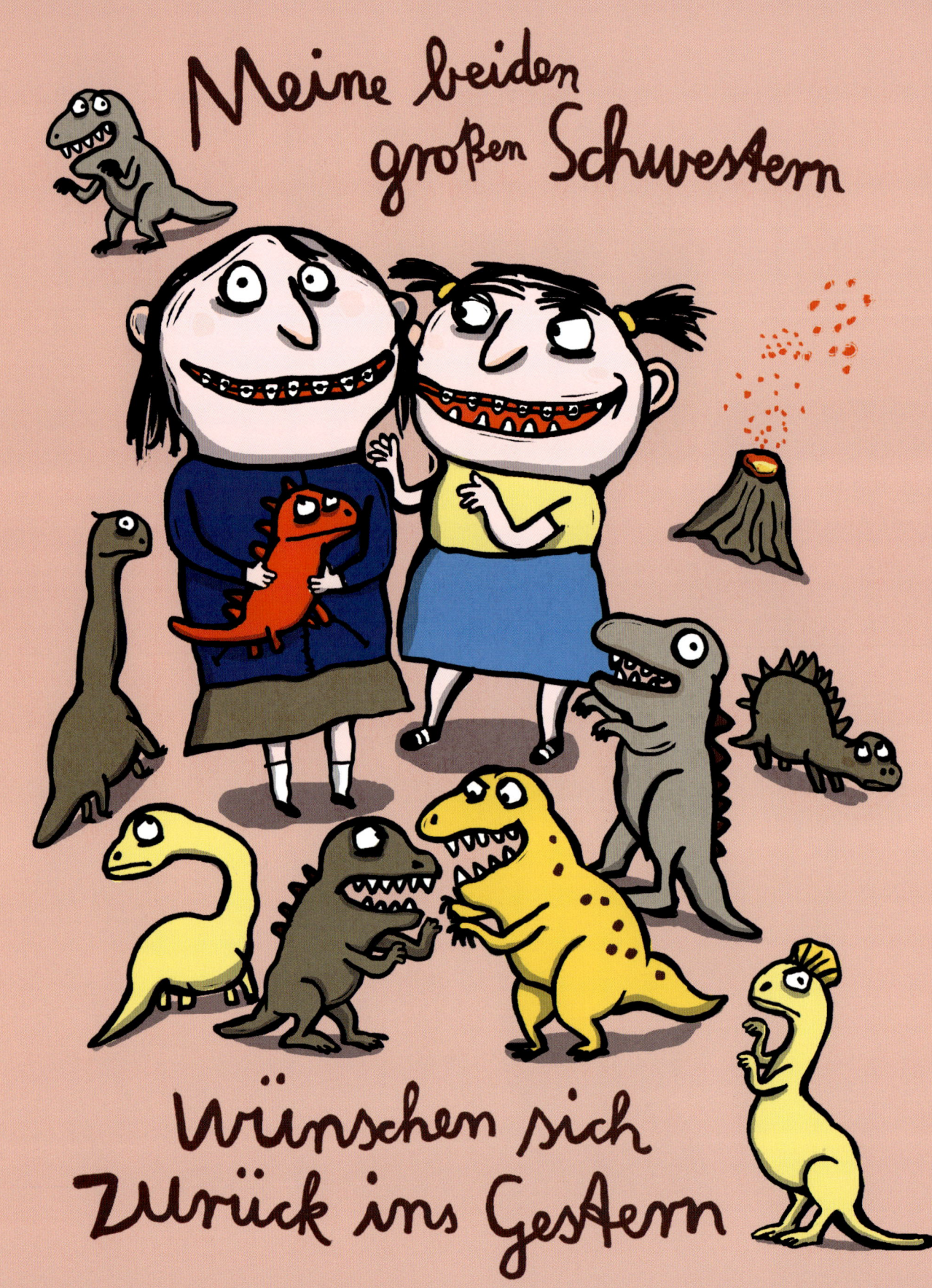

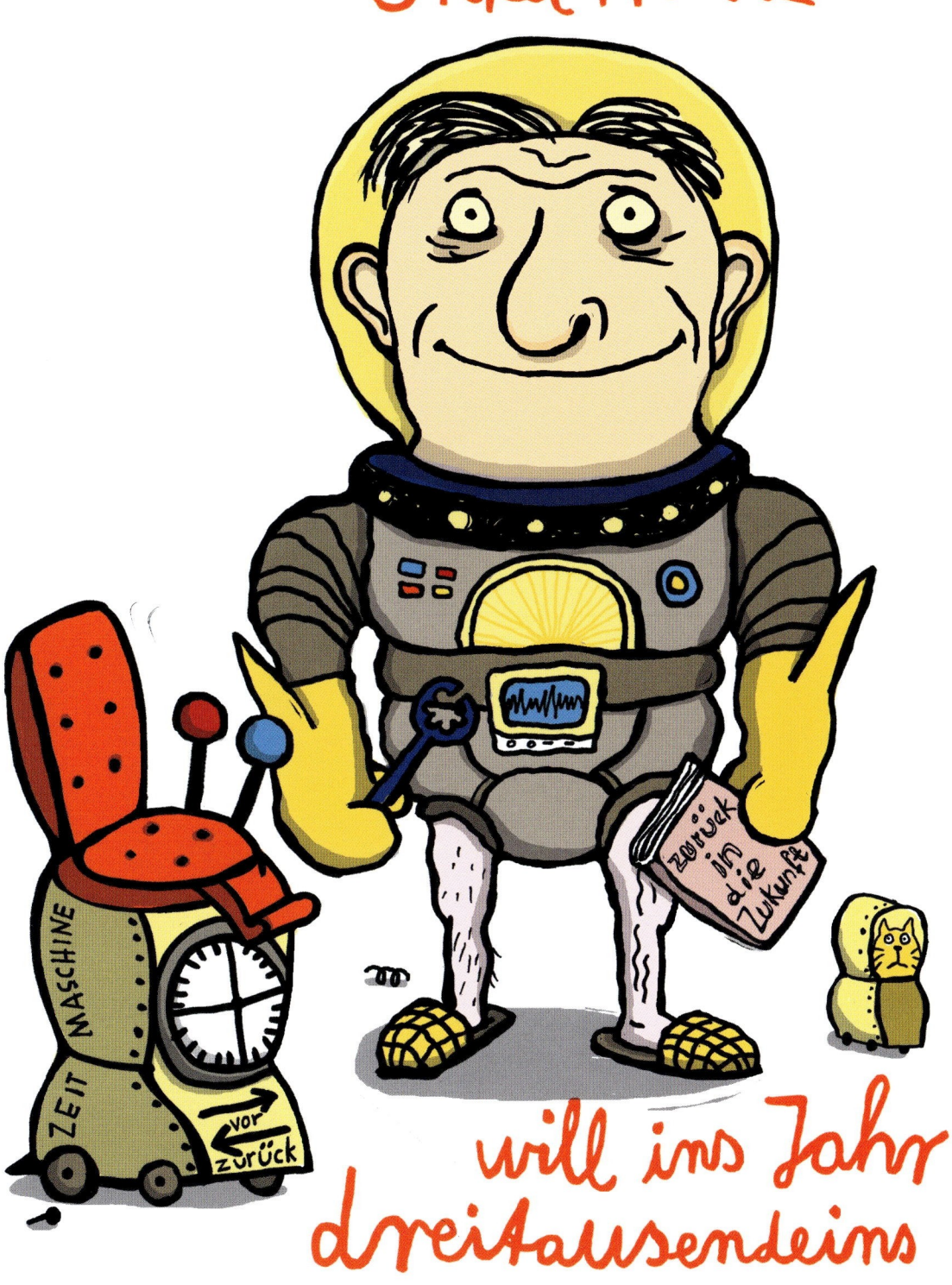

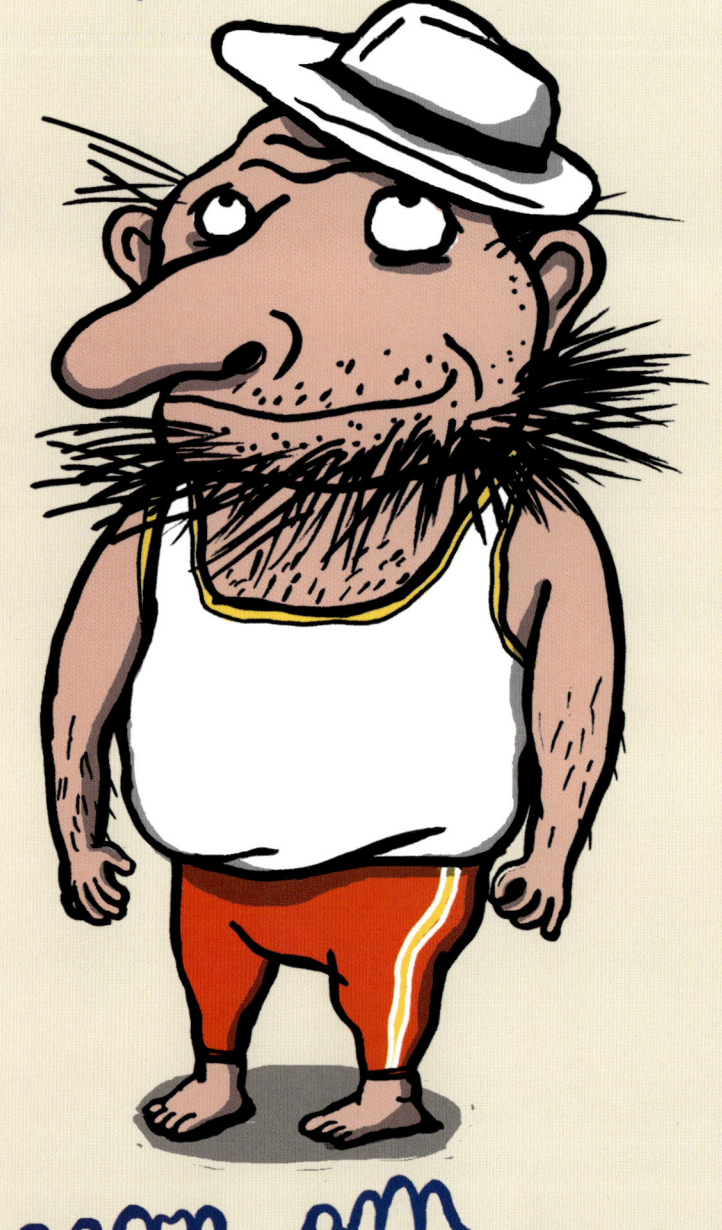

Manchmal wäre Parzival gern am Panamakanal

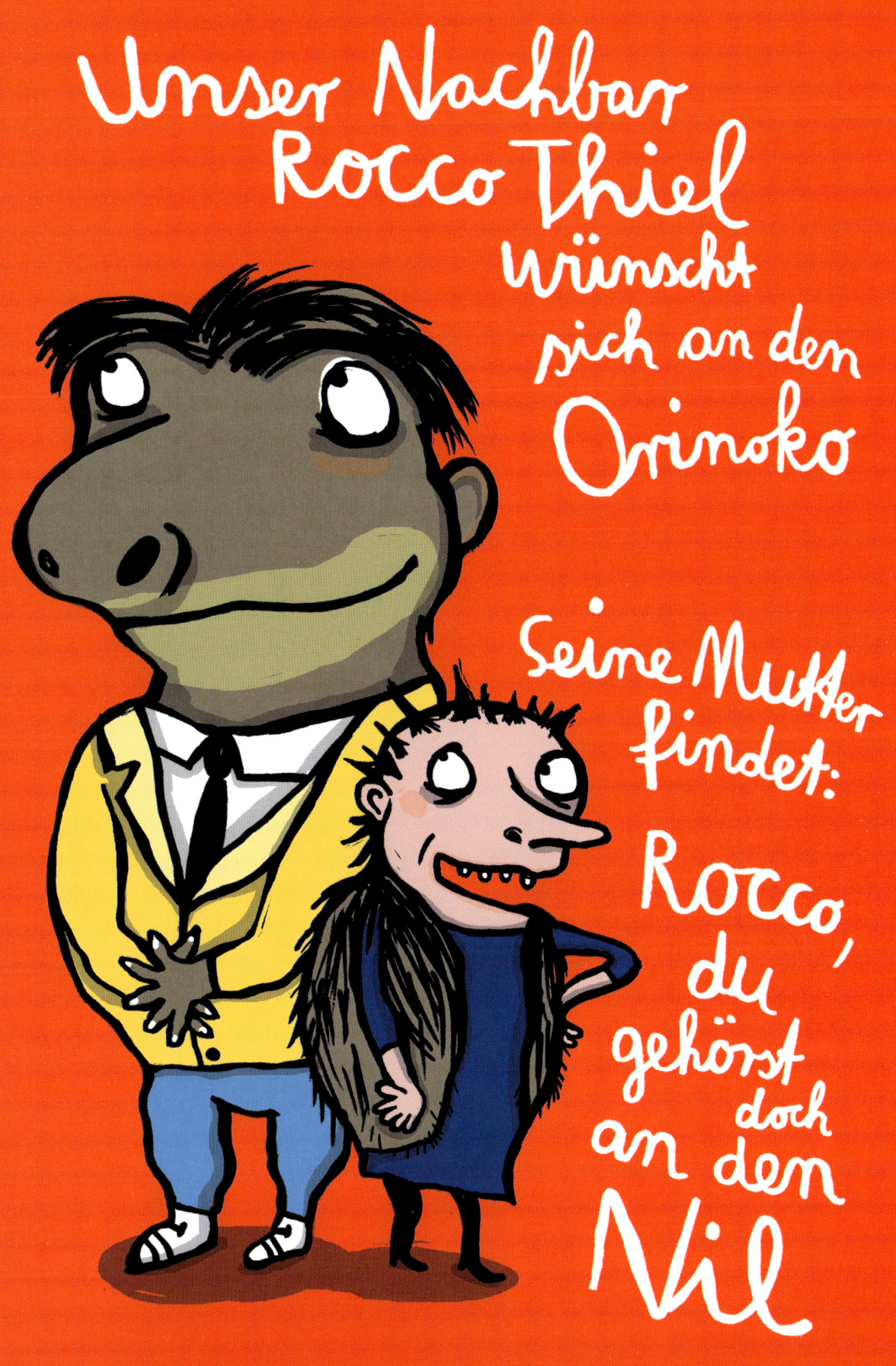

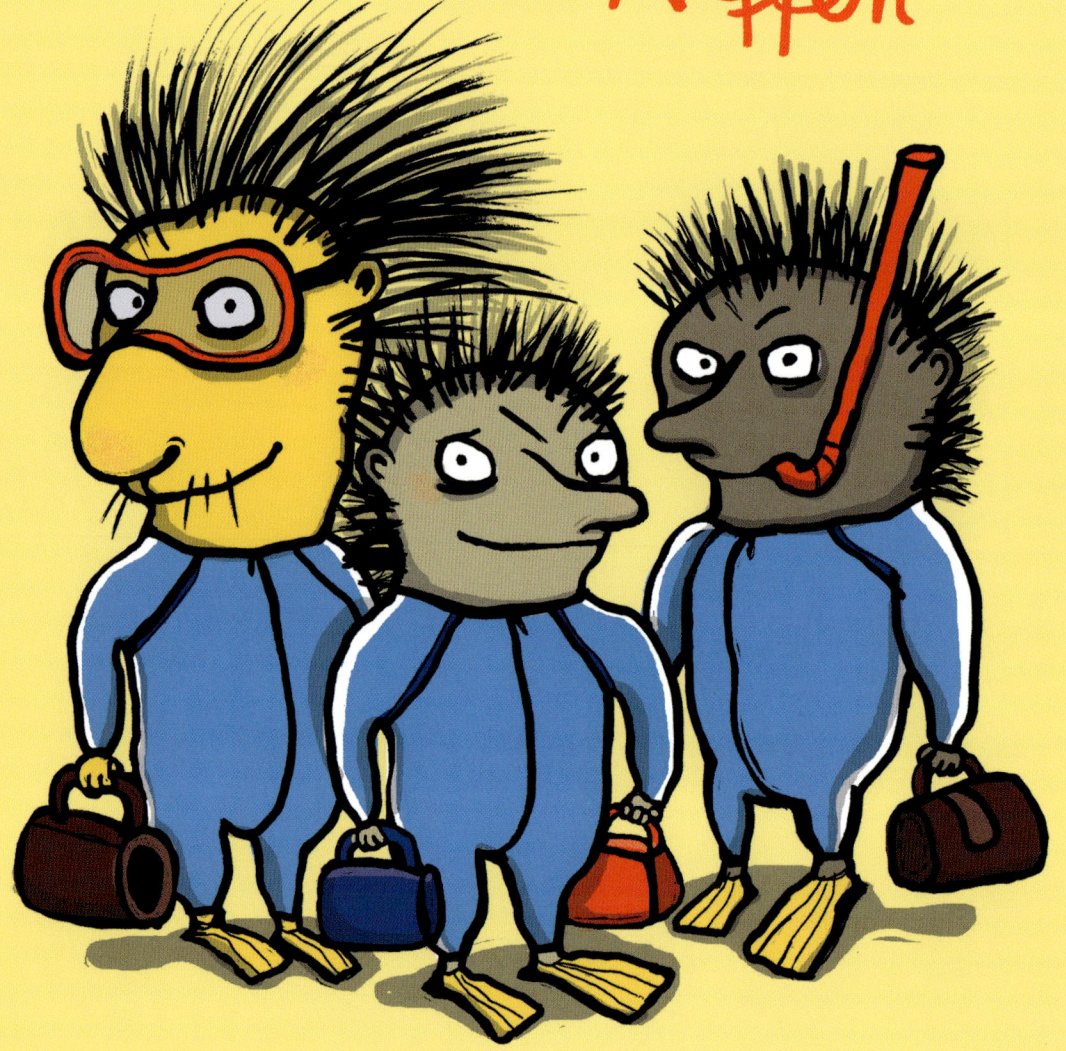

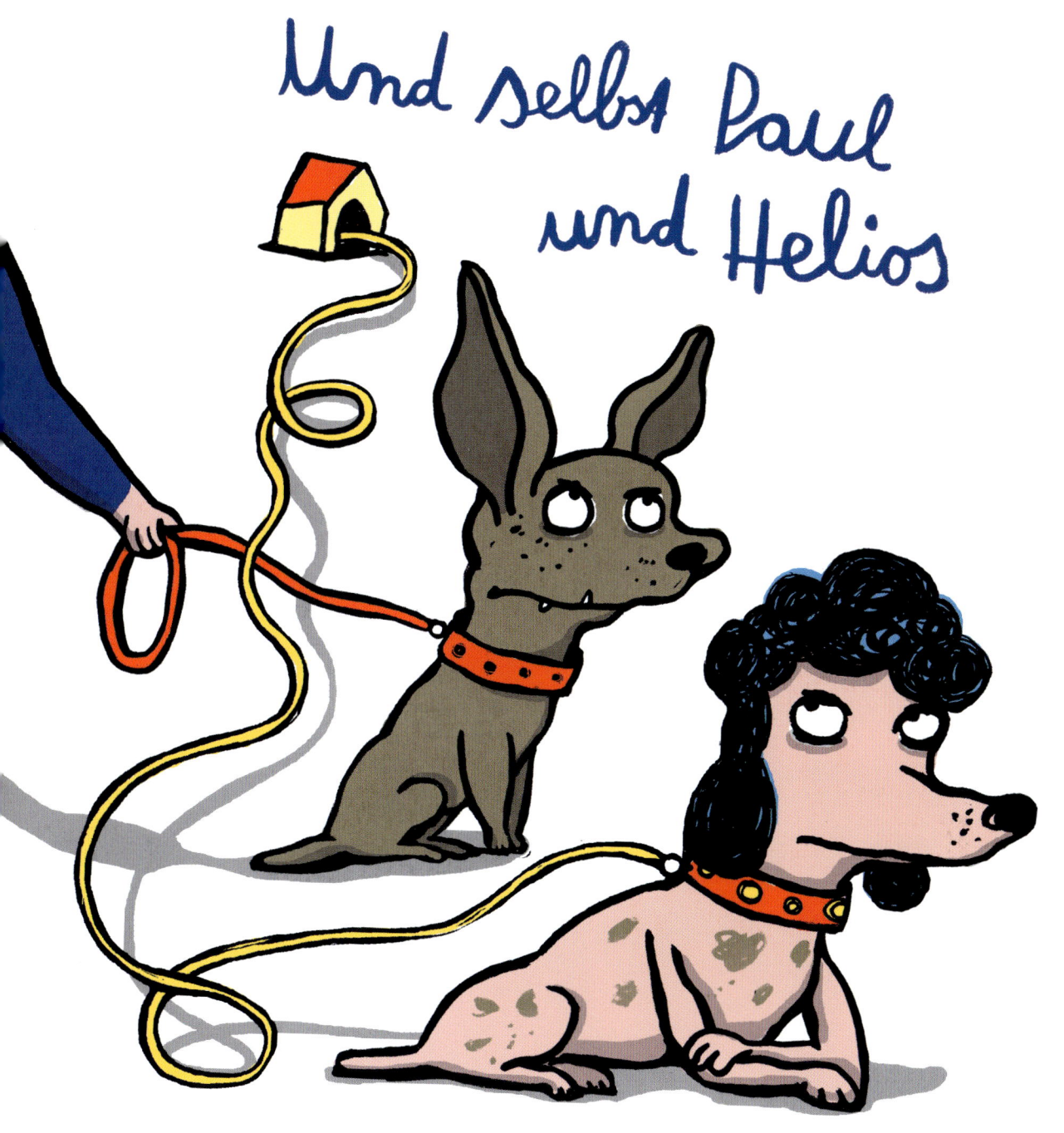

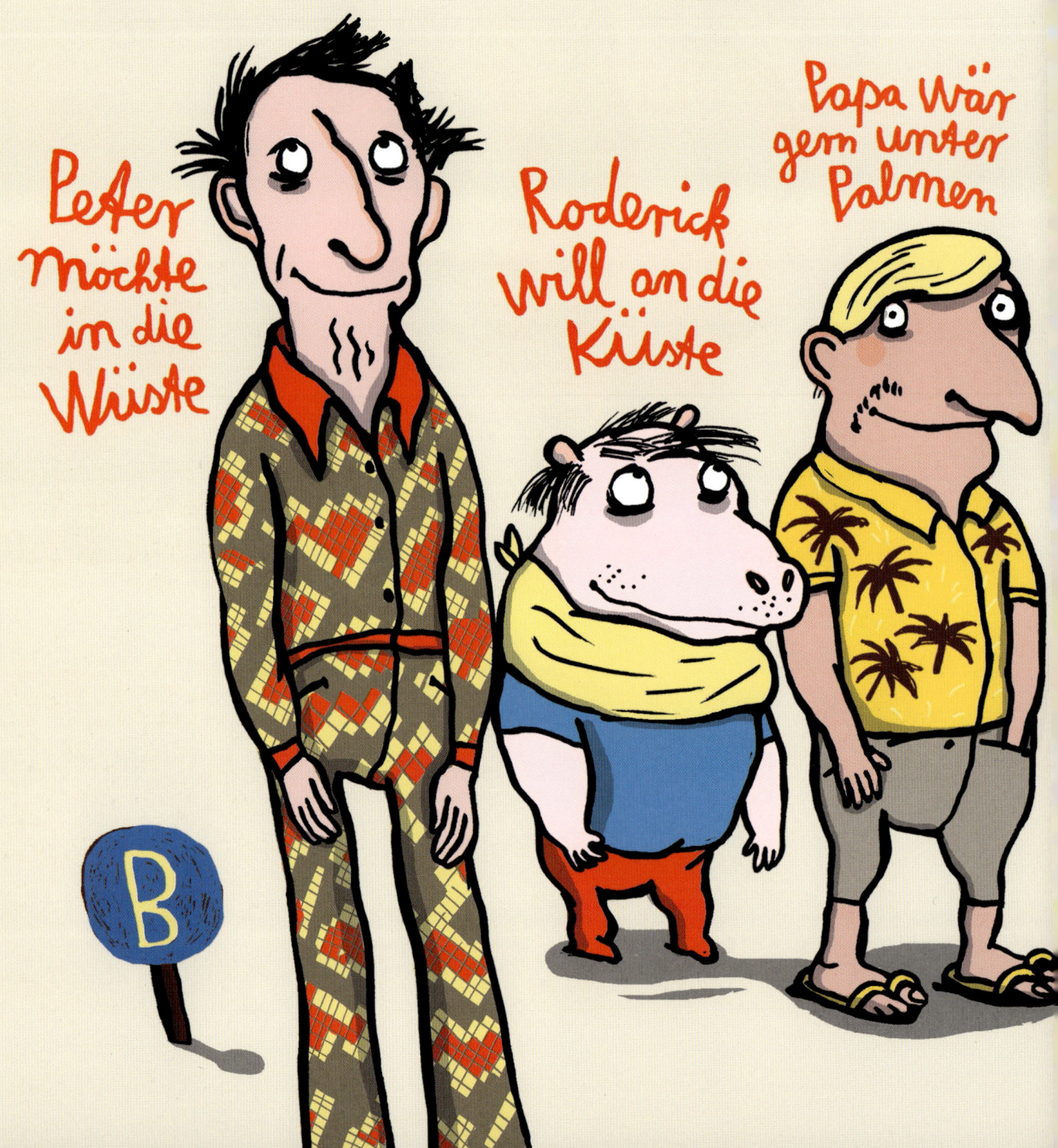

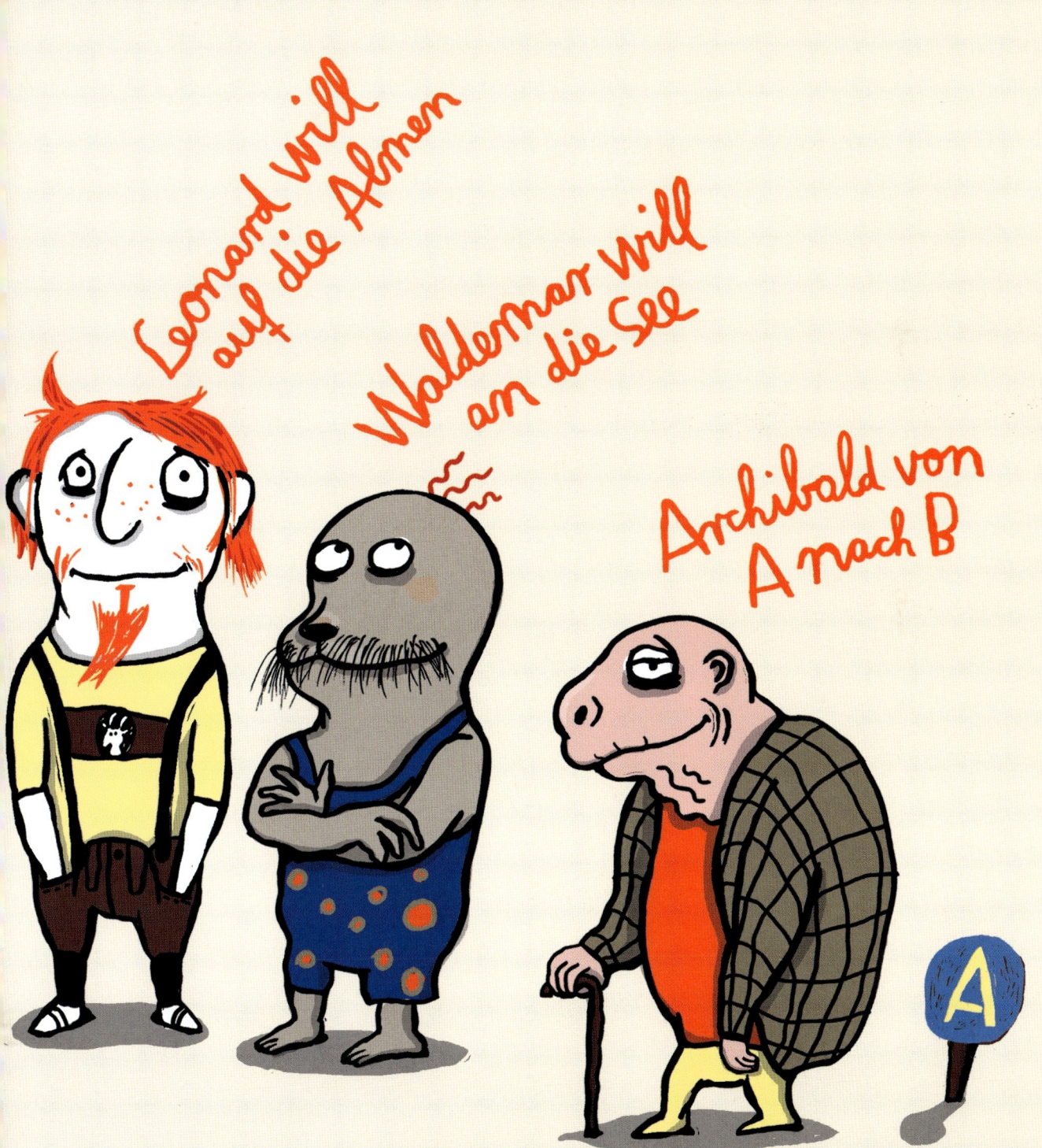

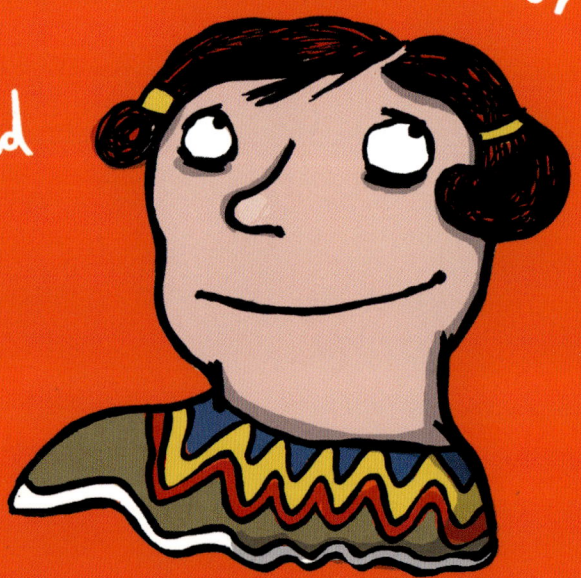
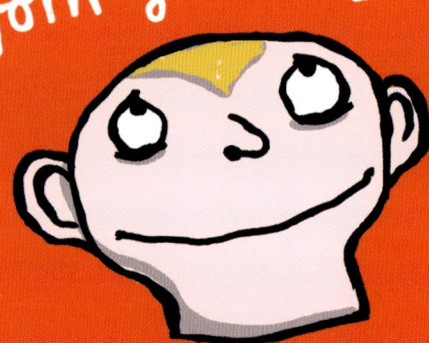
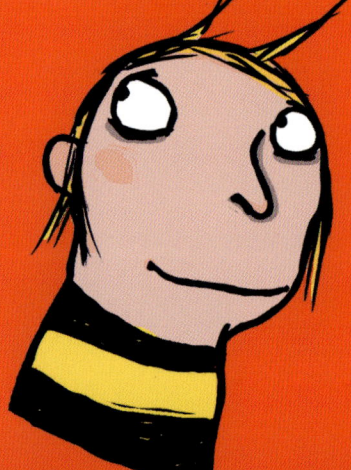
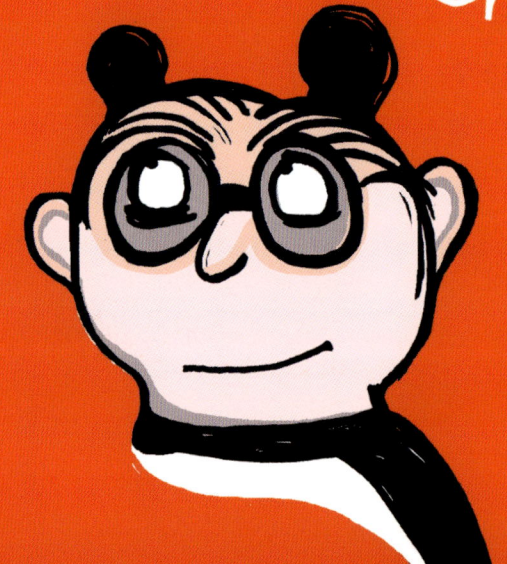

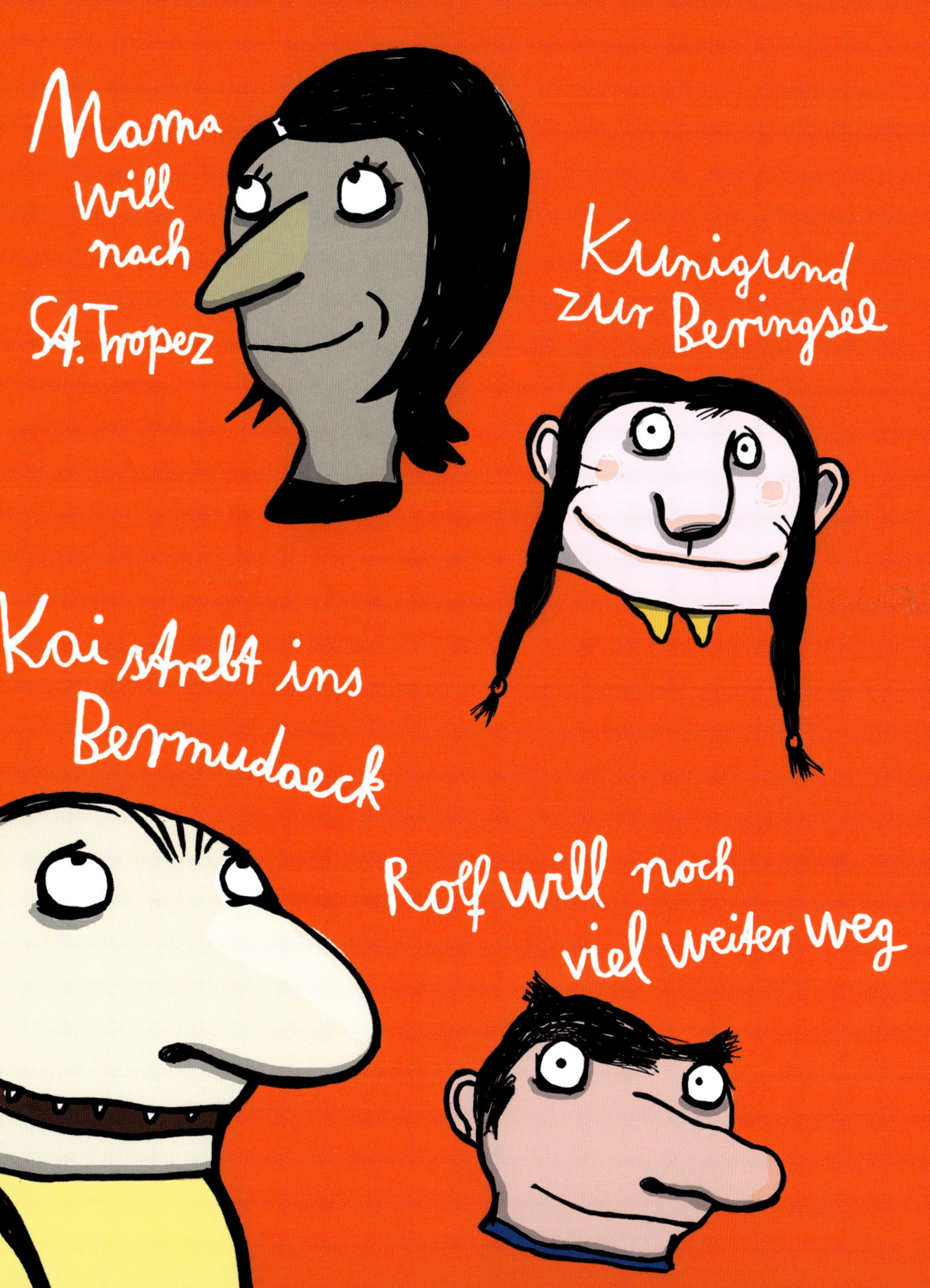

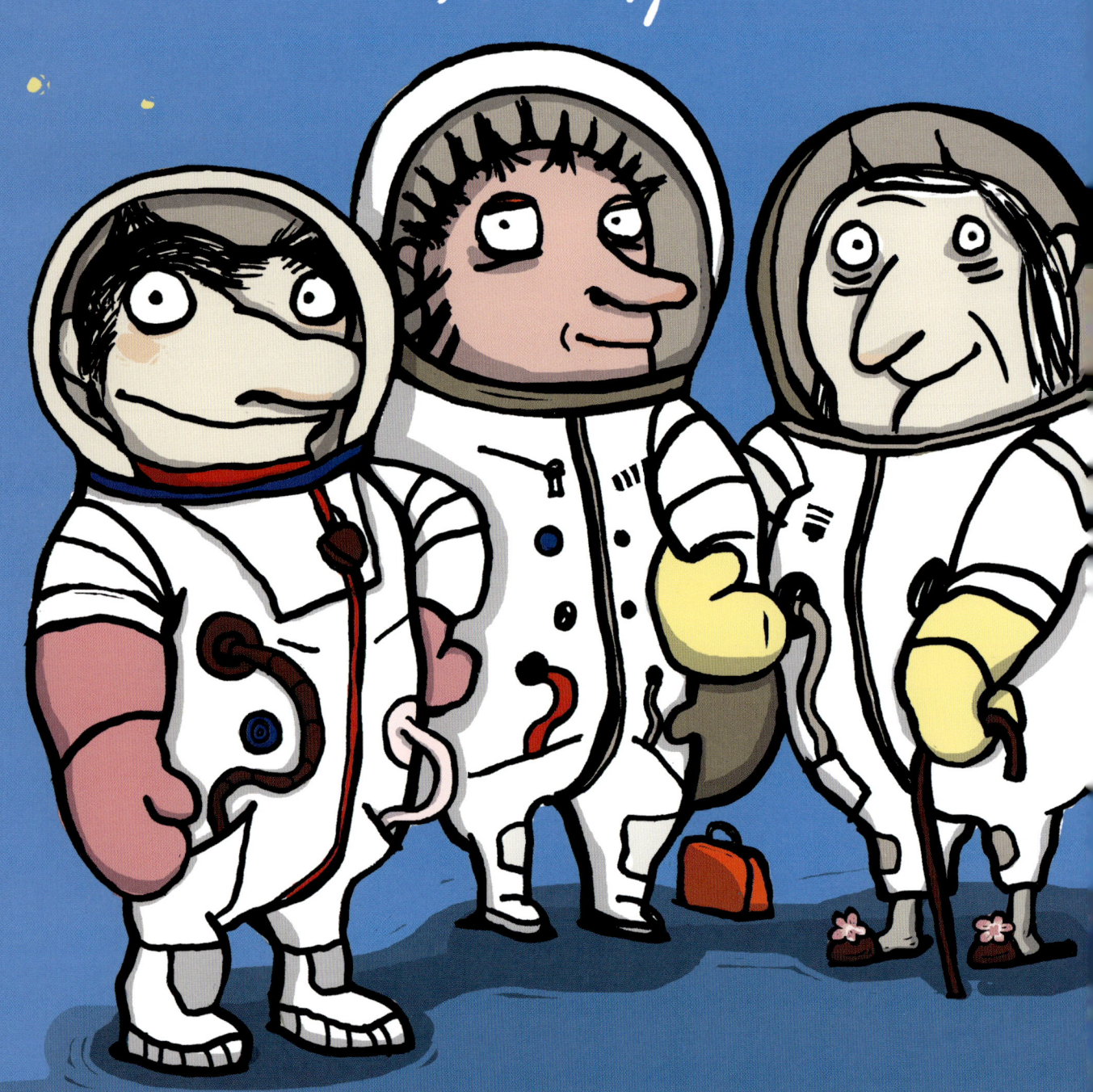

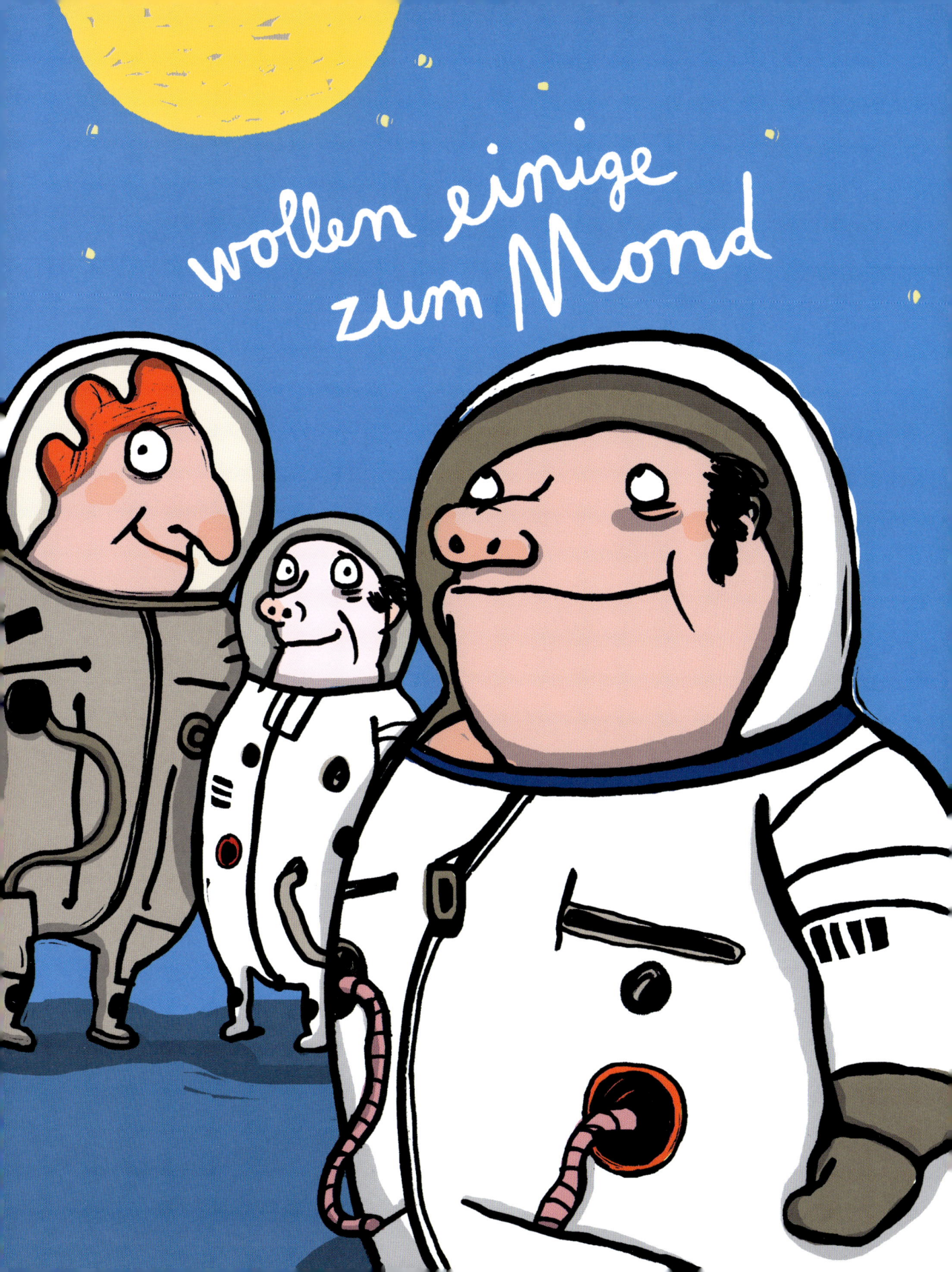

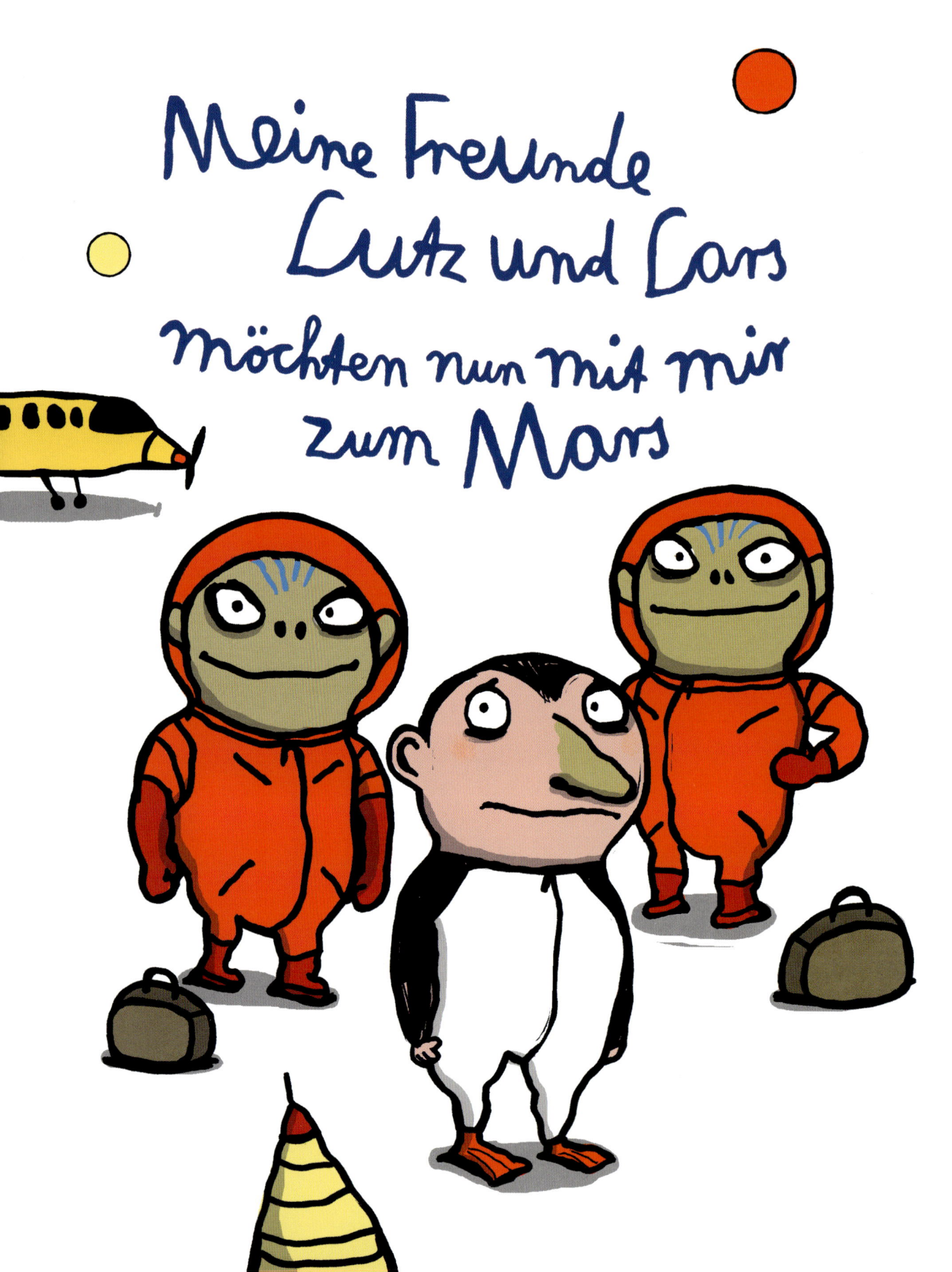

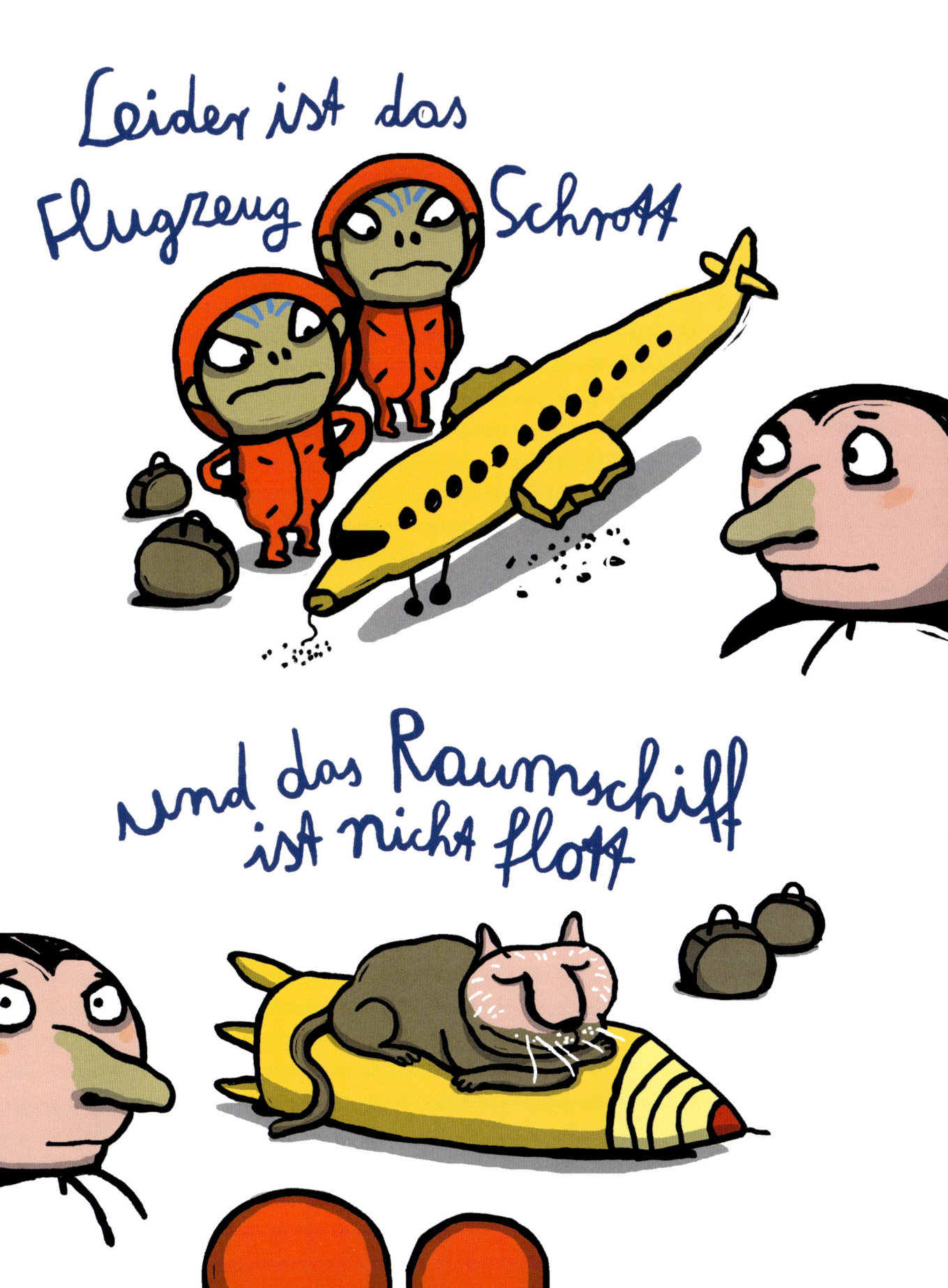

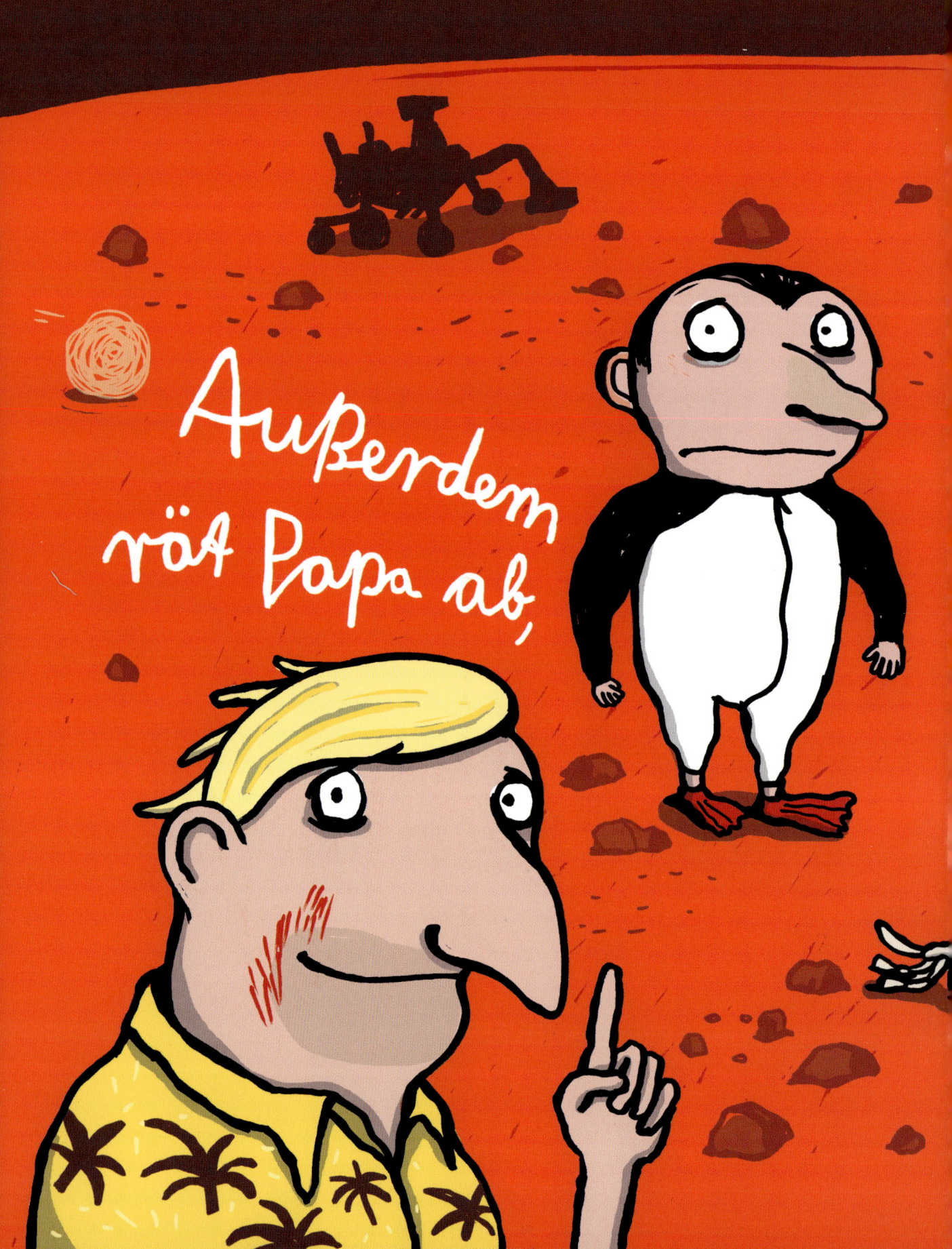

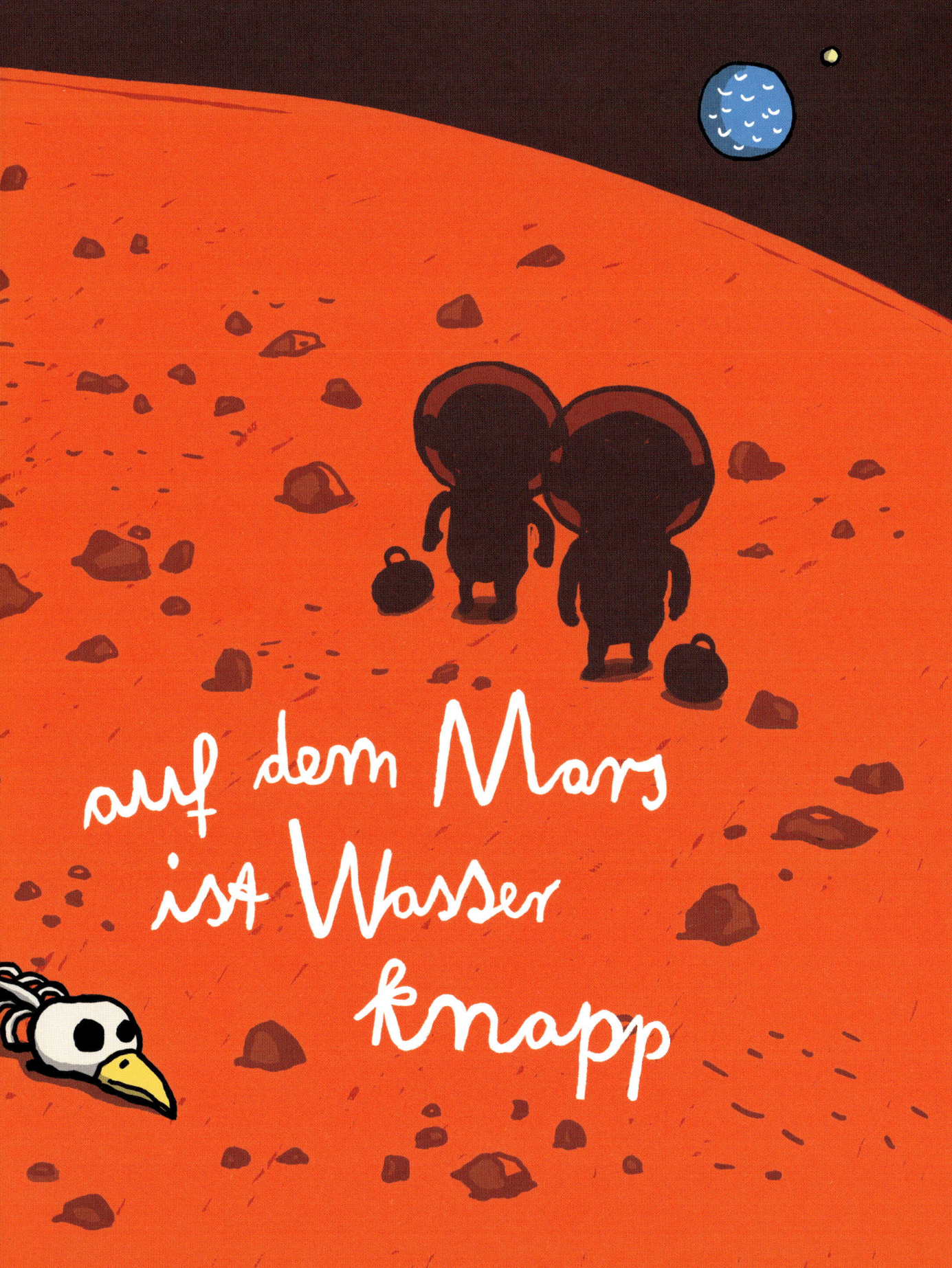

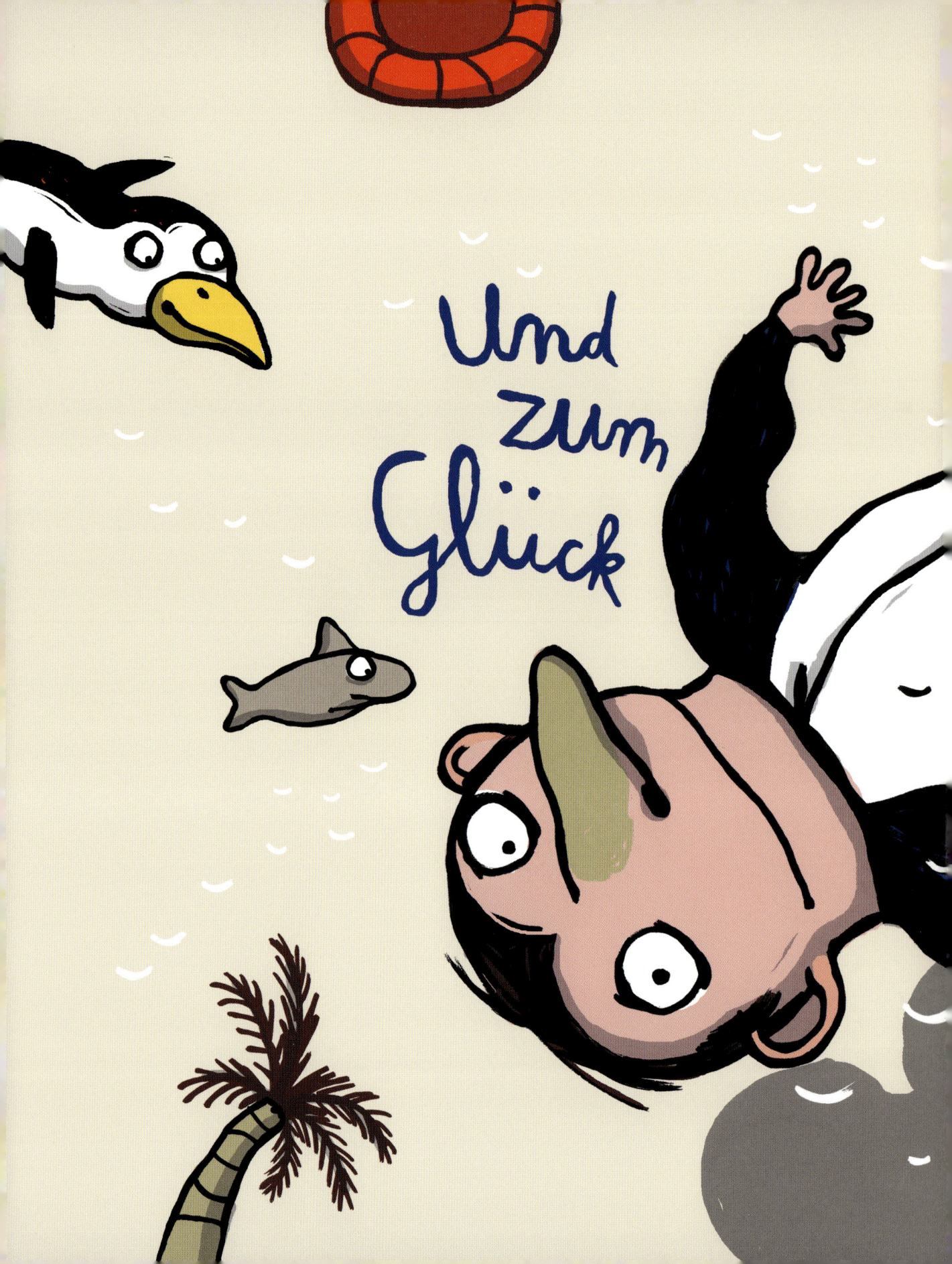

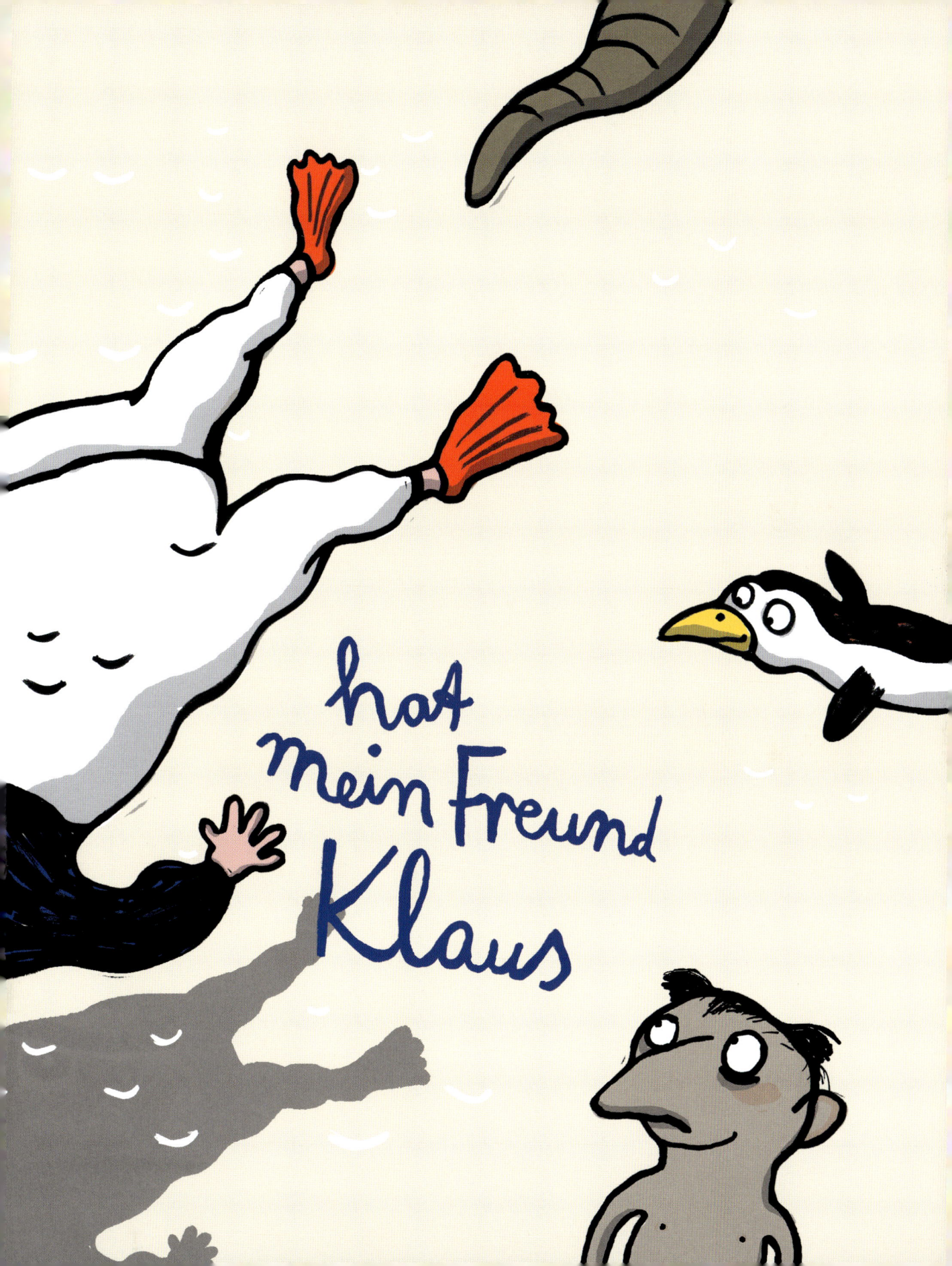

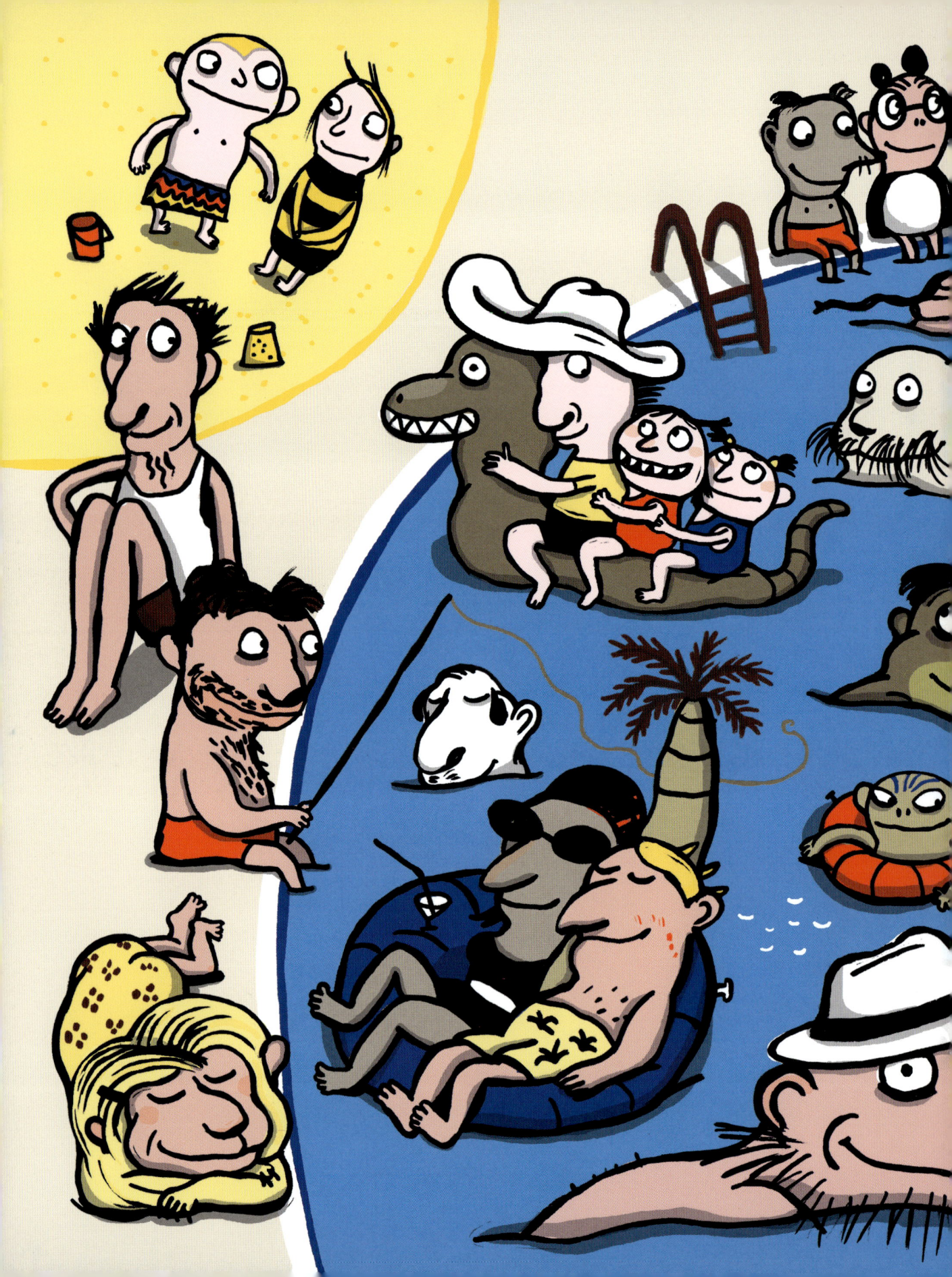

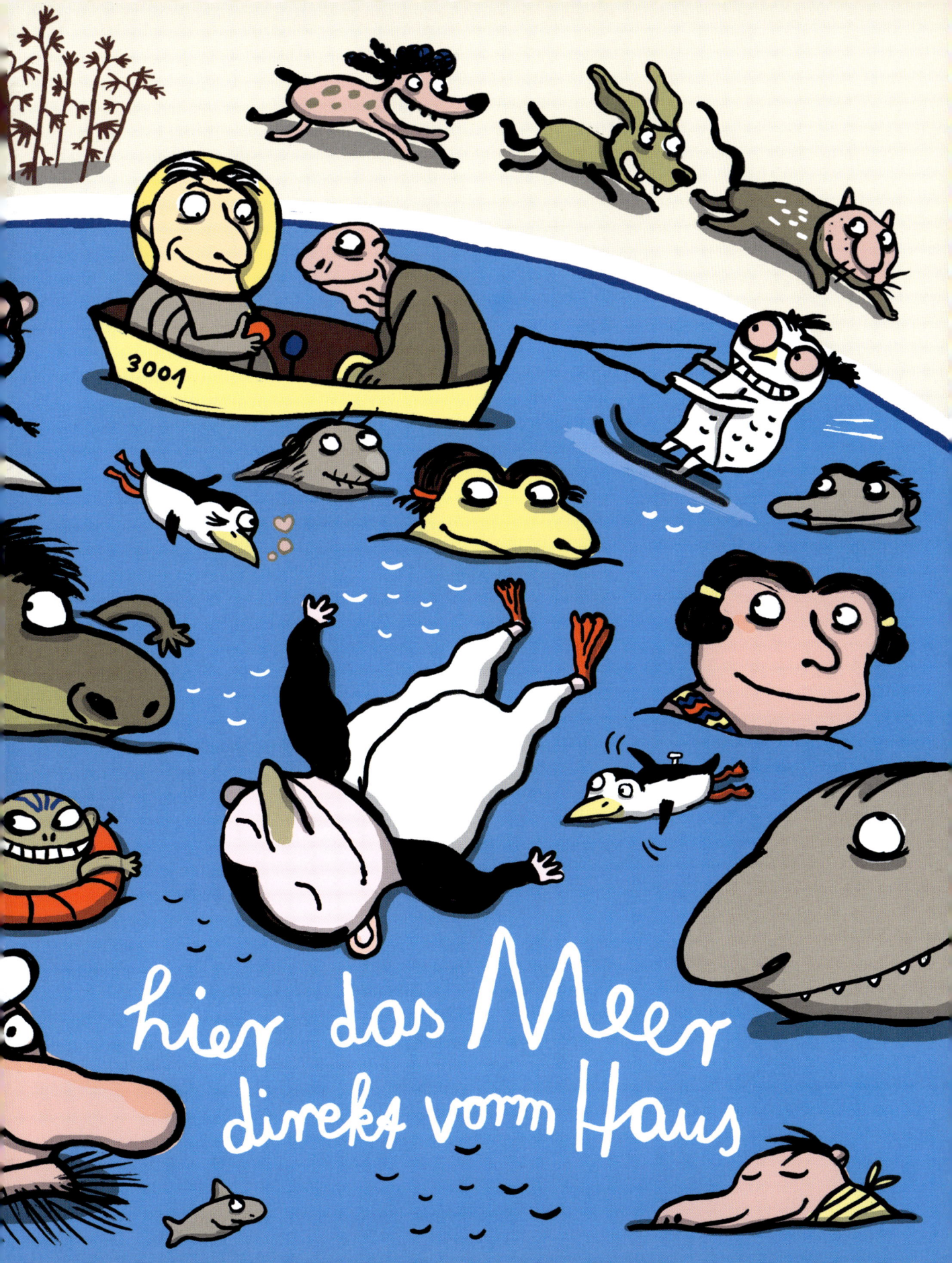

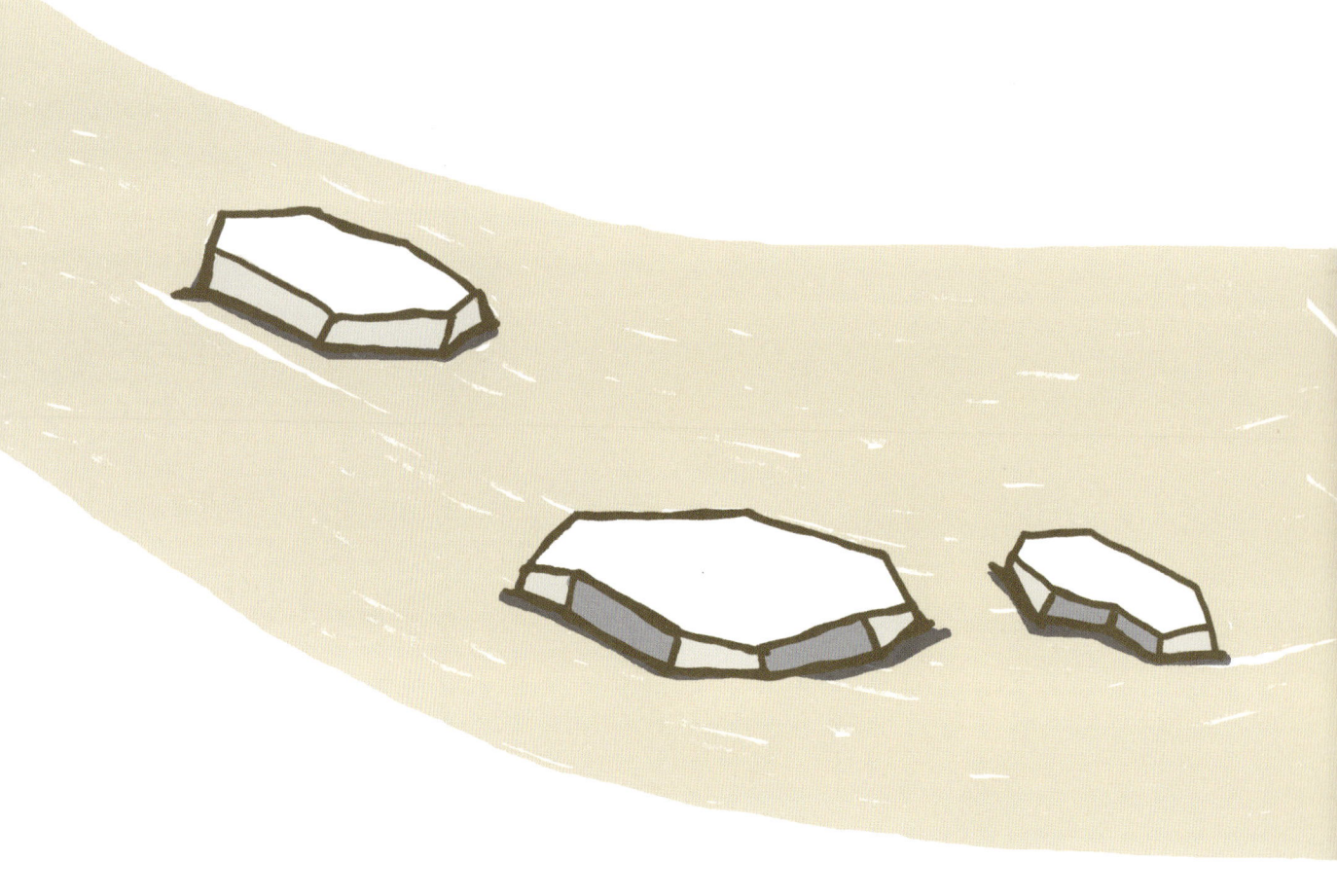

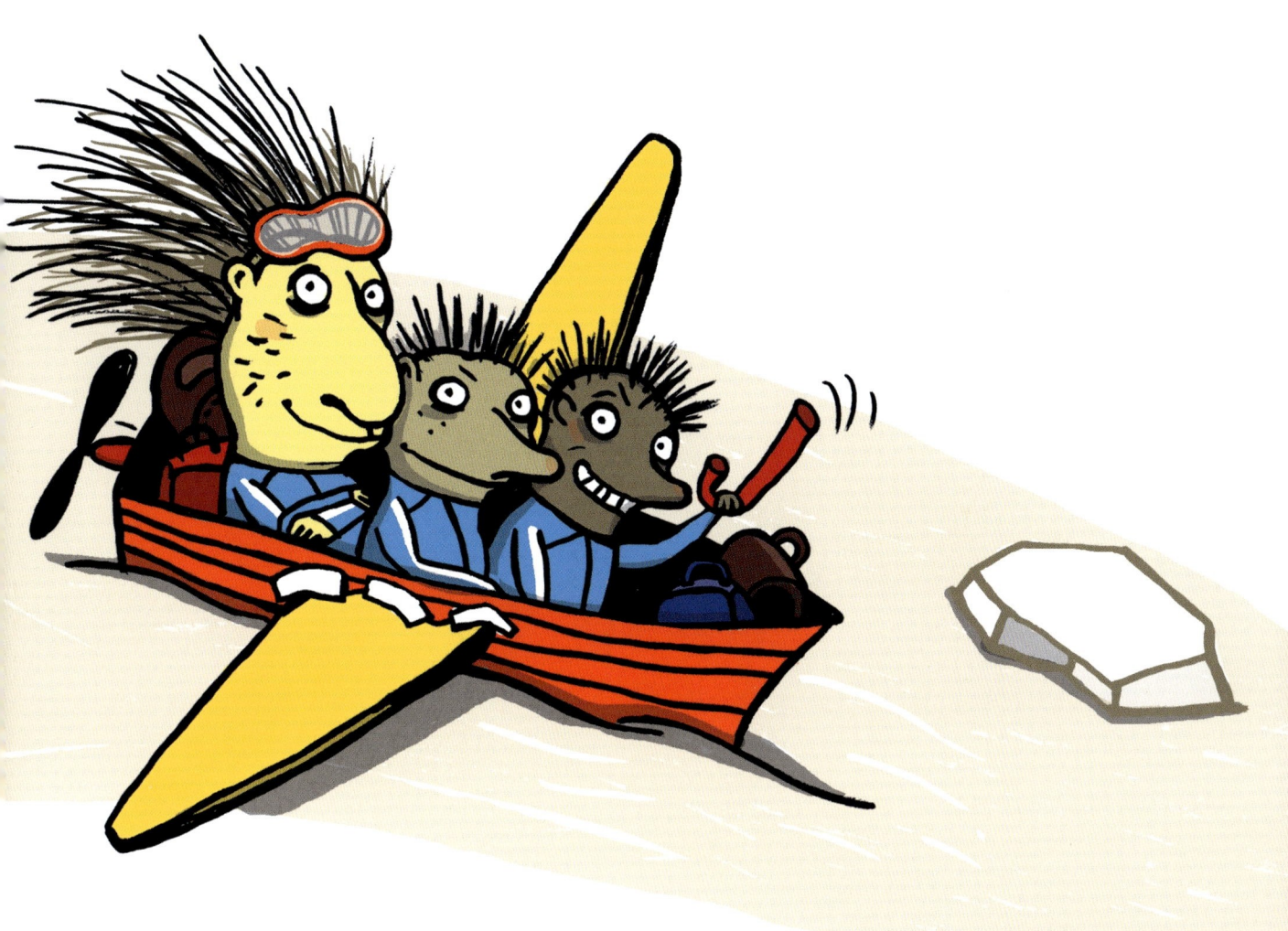

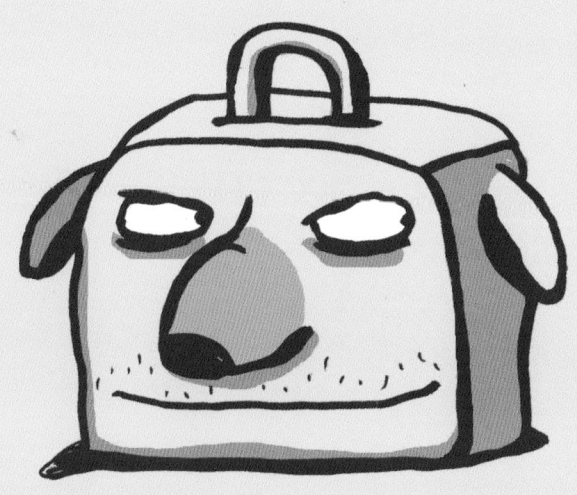

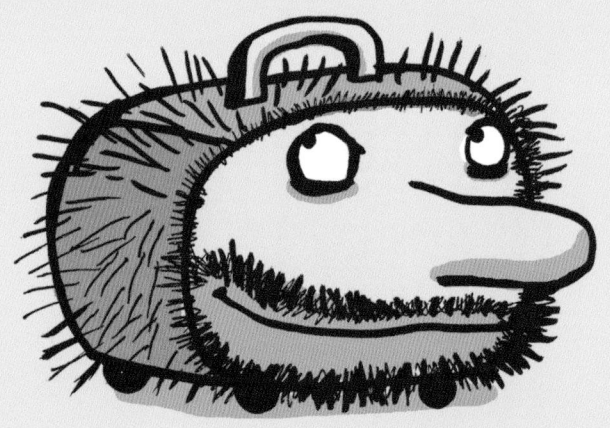